# PAUL AVENEL

# LA NUIT
# PORTE CONSEIL

PARIS

LIBRAIRIE COURNOL

20, RUE DE SEINE, 20

1863

# LA NUIT

# PORTE CONSEIL

# PAUL AVENEL

---

# LA NUIT
# PORTE CONSEIL

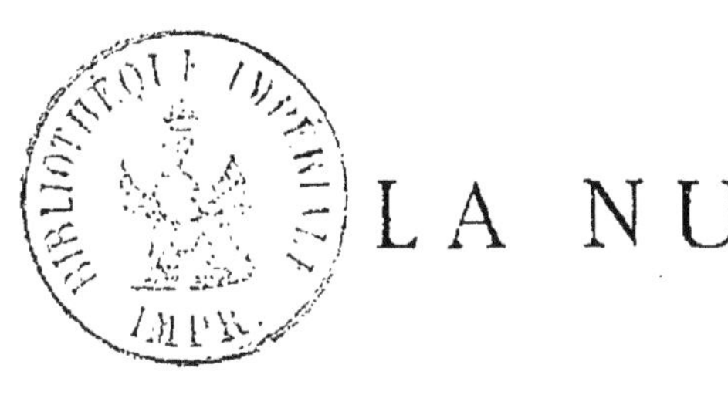

---



PARIS
LIBRAIRIE COURNOL
20, rue de Seine, 20
1863

# LA NUIT PORTE CONSEIL

# LA NUIT PORTE CONSEIL

## PREMIÈRE PARTIE

### Monsieur Clarinetti

### I

C'est en vérité une chose singulière, m'écriai-je en rapprochant d'impatience mon fauteuil du feu. Vous verrez que, malgré moi, je serai, avant un mois, marié et content de l'être! Mais, allez, je ne me tiens pas pour battu, vous avez beau dire et beau faire, je suis encore et prétends rester toujours garçon...

— Mon frère, vous êtes, je l'affirme à regret, totalement dépourvu de bon sens.

— C'est possible, mon frère; aussi je ne m'étonne point que vous en ayez de reste. Étant mon aîné de sept ou huit ans, vous êtes venu très-certainement au monde avec tout celui de notre père et de notre mère... si bien que, quand ils songèrent à moi, ils n'en eurent plus assez pour reconnaître qu'ils n'en avaient plus du tout.

— A-t-on jamais débité plus sérieusement de pareilles billevesées! répondit mon frère en rapprochant avec humeur son fauteuil du feu, comme j'avais fait. Quand je considère l'avantage du parti qui vous est offert...

— Vous considérez, dis-je, en l'interrompant, des fariboles qui n'ont ni queue, ni tête!

— Tenez, mon frère, admettons...

— Je ne veux rien admettre.

— Madame Caminiche ne vous convient-elle pas?

— Si; mais pas assez pour que j'en fasse ma femme.

— Elle est riche?

— Assez pour n'avoir pas besoin de ma fortune.

— Elle est jeune?

— Assez pour n'avoir pas besoin de mon soutien.

— Elle est belle encore?

— On peut se passer de lunettes pour le voir.

— C'est une femme qui sait ce que c'est qu'une maison.

— Oui, puisqu'elle est veuve.

— Veuve! c'est ce qui vous contrarie peut-être?

— Nullement.

— Allons donc! convenez...

— Mon frère, encore une fois, je ne veux rien admettre et surtout ne convenir de rien.

— Vous avez tort, mille fois tort.

— Mille fois! c'est neuf cent quatre-vingt-dix-neuf fois de trop, je le sais bien, pour que les choses puissent s'arranger...

— Ah! ma foi, après tout, faites donc comme il vous plaira.

— C'est bien mon intention.

— Ainsi votre dernier mot, mon frère...?

— Est de faire comme il me plaira, je viens de vous le dire.

— Vous n'y avez pas réfléchi...

— Si.

— Non.

— Si, parbleu!

— Non, vous dis-je... madame Caminiche vous estime, et, si je ne me trompe, elle ne souhaite que vous voir lui tendre la main pour vous donner la sienne.

— Je m'en garderai bien.

— Vous le ferez, mon frère. Pensez que M. Clarinetti fait des démarches pour l'épouser.

— Eh bien, qu'il l'épouse.

— Bah! la nuit porte conseil, et, quand vous aurez dormi là-dessus, vous tiendrez un tout autre langage.

— Vous croyez? Eh bien, pour vous prouver le contraire, je vais faire ici un petit somme.

— A votre aise, dit mon frère en se levant. Elle m'a prié à dîner, et je m'y rends sur l'heure. Bonsoir.

— Bonsoir.

Mon frère prit en conséquence son chapeau et son manteau et sortit en fermant violemment la porte.

— Dominique ! criai-je alors, mets du bois au feu... Bien. Tu peux maintenant, si tu veux, rester à te chauffer ici.

Je me plaçai le plus commodément possible dans mon fauteuil, et le sommeil ne tarda pas à jeter sur mes yeux quelques gouttes de la décoction de pavots qu'il prépare pour le service des mortels.

## II

Bientôt... chose affreuse, hideuse, mystérieuse, épouvan-
table, inconcevable, inimaginable!... une main énorme,
difforme, se dessine dans l'ombre. A cette vue, mon sang
se fige dans mes veines, mon cœur grelotte dans ma poitrine, mes cheveux se hérissent, et, comme si mon nez était
complice de cette infernale vision, il s'allonge... s'allonge...
s'allonge tellement, que mes yeux, sortant de leurs orbites,
en prennent le bout pour point de mire et aperçoivent la
main... la hideuse main, juste vis-à-vis.

Non, jamais sur la terre, on ne vit rien de pareil ! (Ce sont de ces choses qui n'arrivent qu'à moi.)

Cette main était placée sur des épaules, comme une tête d'homme, les épaules sur un corps humain ayant deux jambes et... (Les forces me manquent pour vous peindre la situation de mon esprit en ce moment.) Toujours est-il qu'une force d'attraction opéra sur mon nez. La main s'ouvrit afin d'en saisir l'extrémité. Cependant l'instinct de conservation ne m'abandonna point, je fis un effort suprême pour reculer... Horreur !... la main se ferma ; et, entre le pouce et l'index, mon nez... Pourquoi, mon Dieu, avez-vous inventé le nez, et surtout pourquoi l'avez-vous placé au milieu du visage ?

A demi mort, je me sentis traîné à travers champs pendant un quart d'heure.

Pas de supplice qui n'ait de fin... mon nez est libre... mais, hélas ! mes tribulations ne faisaient que de commencer.

Cette main, toujours elle... me saisit au corps, m'enlève et me lance dans l'espace...

Un cri terrible s'échappe de ma poitrine et va réveiller les échos d'alentour. Puis je retombe, rendant grâce au destin d'abréger mes maux en m'ôtant la vie.

Je n'étais pas à la moitié du chemin que je devais parcourir pour arriver sur terre que, soudain, au lieu de descendre, je me sens remonter, soulevé par quelque chose d'inconnu ; ayant un point d'appui, je cherche à me rassurer. J'écoute. La rapidité avec laquelle je suis emporté me coupe la respiration et produit à mes oreilles un sifflement insupportable. Je regarde... et je vois une tête de cheval, un corps de cheval, une croupe de cheval ; le tout joint ensemble et me portant. Je reconnais Pégase...

Bonté divine! que vais-je devenir?

O Pégase! mon sauveur, sois béni pour le service que... Aïe! maudit animal... Pégase d'une secousse m'avait jeté à terre.

Aïe! j'ai les reins brisés, les côtes enfoncées, les jambes cassées... Je suis un homme... non, je ne suis plus un homme. Je fus un homme... et dans vingt-quatre heures mon corps défiguré reposera dans une bière... Ah! du moins que sur mon tombeau on grave pour épitaphe...

— Que parlez-vous de mort, de tombeau, d'épitaphe, articula une voix... mais si douce, mais si caressante, que ce ne pouvait être que celle de madame Caminiche.

— Parbleu! madame, ne voyez-vous pas le triste état où je suis... aïe!... aïe!... les côtes, les reins, les... Aïe! je perds connaissance, je me meurs, je suis mort... aïe!

# III

Quand je repris mes sens, je me trouvai couché dans un lit magnifique. L'appartement m'était totalement inconnu. Je regardai avec étonnement autour de moi, et déjà de tête j'avais fait l'inventaire des meubles... quand... n'est-ce pas une hallucination? Non. Je n'ai pas la berlue? Je ne dors pas? Ce portrait que je vois dans un coin, c'est... non! je n'ose le croire. Comment cela se fait-il? c'est le mien... le mien... oui, je me reconnais: c'est bien ma bouche... mon nez, mon nez!... mes idées se brouillent... j'y vois double...

j'ai des éblouissements... je suis devenu fou, imbécile. Du secours... à moi !... à moi !

— Qu'y a-t-il, monsieur? dit madame Caminiche en se précipitant dans la chambre. Au nom du ciel ! qu'avez-vous encore? que vous est-il arrivé?... vous m'effrayez...

— Ce qui m'est arrivé, madame? Madame, prenez un siége, asseyez-vous là... là, près de moi. Ce qui m'est arrivé ! Vous demandez ce qui m'est arrivé? Écoutez... non... n'écoutez pas... regardez-moi... Hé bien ?

— Eh bien ! quoi? dit-elle.

— Que voyez-vous?

— Vous.

— Moi, oui. Mais me reconnaissez-vous ?

— Oui.

— Non ; vous ne me reconnaissez pas, vous ne devez pas, vous ne pouvez pas me reconnaître...

— Pourquoi donc cela?

— Pourquoi? Regardez-moi bien entre les deux yeux.

— Je vous regarde.

— Que voyez-vous?

— Vous, encore une fois...

— Moi... moi... mais entre mes deux yeux, au-dessus de ma bouche, au-dessous de mon front, au milieu de mon visage, que remarquez-vous?

— Votre nez.

— Mon nez! eh bien, oui, mon nez... vous remarquez mon nez... n'a-t-il rien d'extraordinaire mon nez, dites?

— Non.

— Non! et c'est vous qui me dites non; vous, vous qui mentez de la sorte, vous que mon frère veut me faire épouser...

— Moi! je mens? Avez-vous perdu l'esprit?

— Non, madame, non. J'ai toute ma raison, je suis dans mon assiette ordinaire... et je vous dis, à vous, madame Caminiche, qu'on ne ment pas ainsi à la barbe, au nez des gens. Je vous dis, à vous, madame Caminiche, que mon nez a quelque chose d'extraordinaire...

— Mais non, monsieur.

— Non... Répondez franchement, madame, vous êtes veuve, vous êtes riche, jolie, jeune, bien placée dans le monde... Moi, je suis garçon, riche aussi, considéré autant que vous pouvez l'être, mais... avec le nez que j'ai, consentiriez-vous?... (Rappelez-vous que j'attends une réponse franche et directe.) Consentiriez-vous, dis-je, avec le nez que j'ai, à m'accepter pour époux?

— Avant de répondre, permettez-moi, monsieur, de vous demander à mon tour si vous parlez sérieusement !

— N'en doutez pas, madame, n'en doutez pas.

— Encore une question : Si je disais oui, y consentiriez-vous, vous-même?

— Oui, sur l'honneur.

— S'il en est ainsi, monsieur, je prends note de votre parole. Et là, franchement, dans toute la sincérité de mon âme, je...

— Vous refusez.

— J'accepte.

— Ah! bah!

— Oui, j'accepte.

— Pas possible ! Mon nez ne vous fait donc pas peur?

— Non. Il n'a rien d'extraordinaire. Regardez plutôt... Madame Caminiche me présenta une petite glace. J'y portai les yeux.

— Ouf! fis-je avec un énorme soupir. Je l'ai échappé belle !

— Vous m'épouserez... vous me l'avez promis.

— Certes, puisque vous avez ma parole... Oh! mon frère, mon frère, c'est vous qui m'avez porté malheur.

— Comment malheur! n'est-ce pas de bon cœur que vous m'offrez votre main!... J'ai cru que la reconnaissance, pour le service que je vous ai rendu en vous rappelant à la vie...

— Madame Caminiche, ce serait de bon cœur que je vous offrirais ma main, si...

— C'est bien, monsieur, n'en parlons plus. Je saurai désormais le prix qu'il faudra donner à votre parole.

— Madame...

— Assez, assez, monsieur. Vous avez voulu vous jouer de moi... Allez! je ne vous en veux pas... mais c'est mal... bien mal... Adieu, monsieur...

Deux heures plus tard, madame Caminiche me vint annoncer qu'elle avait accepté un riche parti, et que, dans peu de jours, elle serait madame Clarinetti.

Cette nouvelle fut un coup de foudre pour moi. Je ne répondis point.

Telle est quelquefois la bizarrerie des hommes : quand ils ressentent un certain attachement pour une femme et qu'ils se prennent à y réfléchir, il arrive qu'ils se trouvent ne pas l'aimer assez pour l'épouser et l'aimer trop pour voir avec indifférence qu'un autre l'épouse. Arrangez cela, mesdames, la vérité est.

J'en étais là de mes réflexions, quand...

# IV

CHE VUOI (1)! crie une voix formidable.

Le frisson parcourt mes membres, une sueur froide inonde mon corps. Je veux appeler... vains efforts! Un bruit étrange, mais faible, arrive encore à mon oreille. C'est une chouette qui vole au-dessus de ma tête en frappant l'air de ses ailes.

Que va-t-il m'arriver!

(I) Mot cabalistique.

Je veux appeler de nouveau... La chouette s'abat sur mon visage... brrrrou!... Une force inconnue me paralyse.

A cet instant, le plafond de la chambre disparaît, un nuage opaque descend vers moi, entoure le lit, le cache entièrement dans ses plis, ne laissant qu'un intervalle transparent à la hauteur de mes yeux... La chouette est devenue immobile et me ferme la bouche d'une de ses ailes... C'est pour le coup que je crus devenir tout à fait fou.

Mes yeux prirent alors une mobilité surnaturelle, et mon ouïe un tel développement que, malgré l'épaisseur du nuage, j'entendis la conversation de M. Clarinetti et de madame Caminiche, dont j'apercevais les figures à travers l'intervalle transparent.

M. Clarinetti était grand, bien fait, bel homme enfin ; élégamment vêtu. Il paraissait être d'une politesse extrême. Il était Italien, autant que j'en pus juger à son accent.

Si je parviens, lecteur, à ne pas vous laisser indifférent

sur madame Caminiche, vous comprendrez l'aversion que je
vouai à ce monsieur. Chacune de ses paroles me troublait
l'esprit. Dans cet état de surexcitation mentale, je courus
un autre danger, non moins réel et non moins grand que
ceux que j'avais déjà courus. La colère faillit m'étouffer.

Il souriait avec complaisance, d'une main se caressait la
barbe, et de l'autre, avec un sans-façon assez impertinent,
se frappait, de la cravache qu'il portait, de petits coups sur
la jambe.

Madame Caminiche était assise dans un fauteuil, et, par
contenance, tenait un livre sur lequel elle baissait les yeux
de temps à autre.

— Madame, disait M. Clarinetti, je bénis le Ciel qui m'a
fait vous rencontrer. Vous êtes riche, je le sais, mais abon-
dance de biens ne nuit pas, et j'ai trois millions que je dépose
à vos pieds avec mon amour et mon bonheur.

— Croyez, monsieur, répondit madame Caminiche en jetant un coup d'œil de mon côté, que votre affection me sera toujours bien plus précieuse que votre fortune.

— Votre désintéressement me touche.

— Je sais faire la part des choses, monsieur, et j'ai appris, il n'y a pas trois heures encore, dit-elle en appuyant sur ces mots, *qu'un galant homme est si rare à trouver que, lorsqu'on a le bonheur d'en rencontrer un, on doit tout lui sacrifier.*

Je roulais les yeux d'une manière effrayante.

— Ainsi, madame, reprit M. Clarinetti, voilà qui est convenu ; si vous le voulez bien, je vais aller m'entendre avec votre notaire et faire publier notre premier ban.

— Je me repose sur vous de tous ces soins-là.

M. Clarinetti partit en faisant à madame Caminiche la plus belle de ses révérences.

Madame Caminiche n'eut pas plutôt refermé la porte,

que le nuage se dissipa de lui-même et que la chouette s'envola. Alors, s'approchant du lit avec un air tout aimable:

— Êtes-vous un peu mieux, monsieur? me demanda-t-elle.

— Non, madame, non, répondis-je brusquement.

— Avez-vous besoin de quelque chose?

— Oui, madame.

— Que désirez-vous?

— Que vous me présentiez à M. Clarinetti; voilà ce que je désire.

— Il vient de sortir; mais je ne pense pas qu'il tarde à rentrer. Dès qu'il sera de retour...

— Vous m'obligerez, madame.

En effet, M. Clarinetti revint. Madame Caminiche le conduisit près de moi.

— Va-t-il mieux? demanda-t-il à sa future épouse, d'un ton assez froid.

— Il vous le dira lui-même, répondit-elle. Je vous laisse ensemble.

Et elle sortit.

# V

M. Clarinetti prit un siége.

Nous nous regardâmes pendant quelques minutes, comme deux chiens de faïence.

— Eh bien! mon pauvre monsieur, dit-il enfin, que vous est-il donc arrivé?

— Ce qui devait m'arriver, répondis-je avec morgue.

— Vous êtes fataliste!

— Cela se peut, monsieur.

— Vous avez cela de commun avec beaucoup de gens. Les plus grands hommes l'ont été; je puis vous citer...

— Ne citez personne, monsieur. Il m'importe peu de connaître ceux qui pensent ou pensèrent comme moi.

— Vous n'êtes pas curieux !

— Assez d'autres le sont.

— C'est une très-grande vérité.

— Je suis très-aise que vous en conveniez.

— Pourquoi n'en conviendrais-je pas?

— Parce que tout le monde n'aime pas à convenir de ses défauts.

M. Clarinetti se mordit les lèvres.

— Vous me croyez curieux, répliqua-t-il : je n'ai ni la

prétention de m'en défendre, ni la sottise de le cacher. Oui, je suis curieux. La curiosité d'autrui a fait ma fortune, et par reconnaissance je suis devenu curieux à mon tour... Pardon, ajouta-t-il en changeant de ton, pardon, à la manière dont vous me regardez, je crois comprendre ce qui vous passe par l'esprit à mon sujet.

— En vérité? Alors c'est à moi de vous demander pardon, car cela n'est pas absolument en votre faveur... J'espère que ma franchise me vaudra votre absolution.

— Je ne m'en formaliserai point. Je suis au surplus habitué à me voir juger comme vous le faites. Aussi la philosophie est pour moi une éponge imbibée d'eau que je passe sur les raisons de mes juges. Je n'ai pas travaillé dix ans dans le silence du cabinet, croyez-le bien, sans avoir appris à apprécier chaque chose à sa juste valeur. Monsieur, j'ai pris l'habitude de considérer le dédain comme des échasses que les injures font grandir. Les satires, les calomnies, entassées les unes sur les autres, loin de m'atteindre, élèvent mes

échasses et je me trouve ainsi, toujours placé au-dessus
d'elles.

— Oui-da! mais ne craignez-vous pas qu'un jour vos
échasses, devenues trop hautes, la tête, quand vous regar-
derez en bas, ne vienne à vous tourner?

— Non, monsieur; car j'ai eu là précaution de me
munir d'un bâton, qui me servirait de point d'appui dans
ce cas.

— La prévoyance est sage!

— C'est la mère de la sûreté, dit-on.

— Et souvent la compagne d'une âme ulcérée. Sans in-
discrétion, monsieur, quel est votre état?

— Je suis Italien.

— Oui, mais votre profession?

— Italien.

— Vous ne m'entendez pas?

— Si. C'est vous qui ne me comprenez pas. Ma profession et mon état, comme vous voudrez, est d'être Italien.

— Et vous traitez ?

— De magie blanche et de magnétisme.

— Voilà à quoi se résume le métier d'italien ?...

— Oui, monsieur.

— Ce n'est pas là une profession libérale.

— Pardon; elle m'a fait gagner trois millions.

— Vous me permettrez de ne pas vous en complimenter.

— Mon Dieu ! monsieur, je peux me passer de votre approbation.

— Car vous comprenez bien, repris-je, que gagner trois millions en tours de passe-passe, cela accuse plus d'adresse que de moralité.

— De même qu'en faire la remarque accuse plus de maladresse que de bon sens.

— Prenez garde, monsieur, vous oubliez de monter sur vos échasses en ce moment, dis-je d'un air goguenard.

— Au contraire, je n'en suis pas descendu assez vite.

— Je ne vous comprends pas.

— J'en suis fâché pour vous. Il m'est pénible de mettre les points sur les i en pareille occurrence. Je voulais dire que lorsqu'on mesure tout le monde à son aune, il faut avant d'entrer en lice pour rompre une lance avec le premier venu, ou que ce premier venu se rapetisse pour lutter avec vous, ou que vous vous grandissiez... car il n'est ni beau, ni généreux, de conserver des avantages sur son adversaire.

— Que prouve donc ce verbiage, s'il vous plaît?

— Que vous êtes une aune à laquelle je ne mesurerai point mon étoffe.

— Votre étoffe, soit! mais votre personne?

— Que voulez-vous dire, à votre tour?

— Ce que ma main se charge de vous expliquer.

Et je la lançai à toute volée sur l'une des joues de M. Clarinetti.

— CHE VUOI! cria l'Italien. Il se leva et éloigna brusquement son siége du lit.

Ce cri, proféré pour la seconde fois, résonna à mes oreilles comme le bruit d'une crécelle.

S'étant placé au milieu de la chambre, il traça, du bout de sa cravache, un cercle autour de lui. Puis, dans l'intérieur de ce cercle, il disposa en triangle un certain nombre de lettres qui brillaient à mes yeux comme autant de charbons ardents.

Je suivais ses mouvements avec beaucoup d'attention et voici ce que je distinguai écrit sur le parquet de l'appartement :

```
a  b  r  a  c  a  d  a  b  r  a
   a  b  r  a  c  a  d  a  b  r
      a  b  r  a  c  a  d  a  b
         a  b  r  a  c  a  d  a
            a  b  r  a  c  a  d
               a  b  r  a  c  a
                  a  b  r  a  c
                     a  b  r  a
                        a  b  r
                           a  b
                              a
```

Il fit silencieusement le tour de la figure magique, en prononçant des mots inarticulés et en frappant l'air de sa cravache.

— Et maintenant, dit-il, en s'arrêtant en face de moi, sois changé en crapaud...

Il dit, et tous mes os craquèrent à la fois, mon crâne se comprima, mes yeux s'injectèrent de sang et s'arrondirent...

Un sourire de satisfaction ramena le coloris sur les lèvres de M. Clarinetti.

Il continua :

— Pour que tu comprennes bien ce qu'a de hideux ta position, je te laisse la raison en t'ôtant la parole. Allons ! à bas du lit et à mes pieds !...

J'obéis...

J'étais métamorphosé en crapaud !

— ABRACADABRA (1) ! articula M. Clarinetti. Et il disparut par le plafond.

(1) ABRACADABRA. Nom qui servait à former une figure superstitieuse, telle que nous l'avons indiquée. On lui attribuait des vertus surnaturelles. Cette figure étant principalement composée des lettres du nom *abraca*, le même qu'*abracax* ou *abraxas*, qu'on croyait être le plus ancien des dieux. Certains historiens croient que *abracax* ou *abraxas* est le Mithra des Perses.

SECONDE PARTIE

—

## Mémoires d'un crapaud

## I

J'étais donc métamorphosé en crapaud... M. Clarinetti avait disparu par le plafond et j'étais resté au milieu de la chambre de madame Caminiche. J'avais le désespoir dans l'âme...

Je ne me souviens plus de toutes les jérémiades que je fis alors; seulement j'allais de droite à gauche, cherchant un coin pour me cacher.

Entre autres choses, pourtant, je me rappelle que j'entre-mêlais mes lamentations de : Abomination !... crapaud... moi!... j'ai été homme trente ans et je suis crapaud main-tenant pour le reste de mes jours!...

Clarinetti, mon maître, aie pitié de ton esclave... délivre-moi et je te ferai mes excuses... Délivre-moi, et je te verrai sans regret épouser madame Caminiche... Délivre-moi et je te fais l'abandon de ma fortune.

Aie pitié de moi... aie pitié de moi... aie pitié de moi !...

Hélas! c'est par ma faute, ma faute, ma très-grande faute !...

Qu'avais-je besoin de t'insulter, ô Clarinetti ! qu'avais-je besoin de te souffleter, ô Clarinetti! qu'avais-je besoin... Il

eût mieux valu pour moi que les diables de l'enfer dont tu es
le roi, ô Clarinetti! m'eussent empalé, écorché, brûlé...

Clarinetti! Clarinetti! Clarinetti!!!

Et, poursuivant ainsi mes litanies de crapaud, j'allais de
droite à gauche, cherchant un coin pour me cacher.

Puis, donnant un autre cours à mes pensées, je maudissais
le ciel de m'avoir fait vivre...

O mon père! ô ma mère! vous avais-je demandé l'exis-
tence? Lorsque, marmouset encore, vous reconnûtes que
j'avais si peu d'esprit, pourquoi ne m'avez-vous pas ôté de
ce monde?... O jour! qui me vis naître, sois maudit; ô Dieu!
qui me fis naître, sois maudit; ô vous! de qui je tiens l'être,
soyez maudits! maudits! maudits!...

Et, poursuivant ainsi mes malédictions de crapaud, j'allais
de droite à gauche, cherchant un coin pour me cacher.

Je venais enfin de me placer sous une commode, quand madame Caminiche et M. Clarinetti entrèrent.

Madame Caminiche, s'étant approchée du lit et le voyant vide, fit un cri de surprise.

— Où est-il? demanda-t-elle.

— Pas loin, assurément, dit en riant son aimable compagnon. J'étais avec lui, il n'y a qu'une minute...

Une minute ! pensai-je ; bourreau !...

— Que vois-je !... reprit avec terreur madame Caminiche.

— C'est miraculeux, en vérité !

Miraculeux, oui, me dis-je. Quoi ! mes habits qui marchent tout seuls. C'est incroyable !

Madame Caminiche se jeta dans le fauteuil où s'était assis M. Clarinetti et se cacha la figure dans les mains. Son futur époux se tenait les côtes et riait à gorge déployée.

Mes vêtements... ils marchaient comme si j'eusse été dedans... Le pantalon était debout ; et, par un phénomène que je ne puis expliquer, le gilet et l'habit tenaient au-dessus de lui la place qu'ils occupaient auparavant sur mon corps.

Madame Caminiche se leva, et, après avoir examiné la chose, dit en s'emparant du bras de M. Clarinetti :

— Est-il donc devenu invisible ?

— Apparemment, répondit celui-ci.

— Mais pourquoi ses habits ne sont-ils pas invisibles comme lui ?

— Je suppose qu'il n'a pas eu le pouvoir de les rendre tels.

Lorsque mes hardes furent arrivées devant madame Caminiche, elles s'arrêtèrent d'elles-mêmes. La manche droite de l'habit s'étant levée à la hauteur du chapeau, le prit comme eût fait ma main : après quoi le tout s'inclina civilement et lui fit un gracieux salut.

M. Clarinetti, s'étant approché d'elles pour en recevoir les mêmes honneurs, vit, à son grand étonnement (apparent du moins), la manche de l'habit reposer le chapeau sur le haut du collet, et le tout lui tourner brusquement le dos.

— Voilà qui n'est guère poli, dit-il.

— Monsieur, reprit madame Caminiche, en s'adressant à mes habits, croyant quoique invisible, que je les portais, ne pourriez-vous m'expliquer ce que signifie ceci?

Pour toute réponse, ils s'arrêtèrent auprès du lit et se posèrent dessus.

M. Clarinetti riait toujours. Il alla à eux, prit une basque de l'habit et dit :

— Parbleu! nous le verrons bien.

Madame Caminiche poussa un cri.

L'habit sans résistance était resté entre les mains de M. Clarinetti.

— Le diable! Le diable! c'est le diable!!! Et madame Caminiche se sauva en criant.

Resté seul : — Viens ici, crapaud, dit l'Italien. Vite, CHE VUOI.

A cet ordre ainsi formulé, je ne fis qu'un saut de ma retraite à ses pieds.

Il alla ouvrir la fenêtre. Elle donnait sur le jardin. —

Puis, il revint à moi, me prit par une patte, et, sans autre forme de procès, me jeta au pied d'un buisson de buis.

Je n'en mourus pas.

Rien n'a la vie si dure qu'un crapaud.

# III

D'après mes calculs, il pouvait y avoir onze ou douze ans que j'étais métamorphosé. J'habitais un trou que je m'étais creusé sous le buisson, au pied duquel j'étais tombé.

Par une belle après-midi de je ne sais quel jour, ni quel mois d'été, je m'aventurai hors de ma demeure.

La douleur jusque-là m'avait retenu au logis ; aussi, quand je revis la lumière, une sensation agréable réagit sur mes membres. Je m'étendis à l'ombre d'une feuille de chou et un souvenir de ma vie d'homme vint, à mes yeux de crapaud, arracher des larmes amères.

Oh! me disais-je, par un si beau jour, homme encore, comme j'aimerais à me promener dans ce jardin, et je m'écriais avec le grand poëte Lamartine :

> Dieu! que les airs sont doux! que la lumière est pure!
> Tu règnes en vainqueur sur toute la nature,
> O soleil! Et des cieux, où ton char est porté,
> Tu lui verses la vie et la fécondité.
> . . . . . . . . . . . . . . . . . . .
> Quand la voix du matin vient réveiller l'aurore,
> L'Indien prosterné te bénit et t'adore;
> Et moi, quand le midi de ses feux bienfaisants
> Ranime par degré mes membres languissants,
> Il me semble qu'un Dieu, dans tes rayons de flamme,
> En échauffant mon sein pénètre dans mon âme!
> Et je sens de ses fers mon esprit détaché,
> Comme si du Très-Haut le bras m'avait touché.

J'en étais là, quand, non loin de moi, du bruit se fit entendre...

Tout crapaud que j'étais, je tenais à la vie... Et détalant

au plus vite, j'allais retourner dans mon trou, lorsqu'un secret pressentiment me retint.

Pour mieux voir ce qui venait ainsi troubler mes méditations poétiques, je m'étais éloigné du chou. Fatalité! je n'eus pas fait deux pas qu'un frisson glacial passa dans mon corps.

J'avais failli être écrasé sous le pied de madame Caminiche; car c'était elle, elle... mais bien vieillie.

Elle était coiffée d'un chapeau de paille et tenait une ombrelle à la main.

En me voyant, elle se mit à pousser des cris comme si le diable l'emportait.

Ce premier moment passé, elle s'éloigna à toutes jambes, et moi bien tristement je regagnai mon trou.

O Clarinetti! Clarinetti! Clarinetti!!!... dis-je alors comme au premier jour de mon changement de forme, sois heureux, car tu t'es vengé! Sois heureux, car je suis malheureux! sois heureux, car j'ai fait horreur à madame Caminiche.

Clarinetti! Clarinetti! Clarinetti!!!

# IV

Ici commence pour moi une nouvelle série de malheurs.

Il était décidé, mon Dieu! que je viderais le calice d'amertume jusqu'à la lie.

A partir du jour où je vis madame Caminiche, il ne me fut plus possible de penser à autre chose... Infortuné crapaud!... je pleurais, je pleurais nuit et jour.

Avec patience, jusque-là, j'avais supporté mes maux. A présent pour moi plus de sommeil, plus de repos... toujours,

toujours elle... Tantôt, je la voyais peignant devant son chevalet, le charmant paysage qu'on découvrait de sa fenêtre, et tantôt souriant dans son miroir aux traits qui maintenant me rendaient insensé, par le regret que j'avais de ne pouvoir en être le seul adorateur.

Oh ! la souffrance... Il arrive un moment, quand on souffre, où l'on doute de tout...

Quoique crapaud, j'avais conservé mon imagination, ma raison humaine. Je devins imbécile à force de souffrir.

Non, me disais-je, il n'y a point de Dieu ; car s'il y en avait un, aurait-il permis que je fusse changé en crapaud, moi homme, moi formé à son image, comme on me disait dans le monde? S'il y en a un, c'est bien peu de chose, puisque le génie du mal peut aussi de ses créatures faire des crapauds...

Est-ce que tout n'est pas vice, d'ailleurs, dans le royaume des hommes?...

Les hommes se détruisent les uns les autres ; ils ne désirent de biens qu'afin de s'en prévaloir à leurs propres yeux, qu'afin de corrompre, asservir, détruire ; qu'afin de mieux se livrer à leurs passions... car les biens entretiennent les passions, les nourrissent, les agrandissent. Combien de fois aï-je vu la vertu ramper aux pieds du vice pour obtenir un morceau de pain...

L'idée qui me faisait le plus de mal, était que si je n'avais pas eu la lâcheté de refuser la main de madame Caminiche après lui avoir juré de l'accepter, je pourrais être heureux dans le monde.

Je serais père de famille probablement, disais-je, et qui sait ? Dieu m'aurait peut-être fait la grâce de me donner de beaux enfants...

Parjure, déloyal, que j'ai été... Et j'ai attendu, pour m'en repentir, que les aiguilles de la souffrance m'en aient fait souvenir... j'ai attendu ?... Oh ! que je reste crapaud jusqu'à

la fin de mes jours, jamais mes remords ne seront à la hauteur de mon infamie!

Des enfants, ô mon Dieu! que j'en aurais été fier, que je
les aurais aimés!...

Un jour, j'étais sorti de mon trou, et comme un philosophe de l'antiquité, je me promenais en songeant à je ne sais
plus quel point de métaphysique (car, au nom des Dieux, je
vous prie, que pourrait être un crapaud qui vit seul, toujours
seul, qui vit de rien, et qui vit plus de cent ans, que pour-
rait-il être, dis-je, sinon philosophe et métaphysicien)?

Je me promenais donc éloigné de mon trou de plus de
vingt pas (ce qui m'arrivait rarement). Quand, au détour
d'une plate-bande de carottes, j'aperçus, non loin de moi,
un enfant.

Il pouvait avoir de dix à douze ans, sa taille était élancée;
sa figure, qu'encadraient de longs cheveux bruns, annonçait
une certaine force de caractère, et pourtant quelque chose

de mélancolique était répandu sur ses traits. Une sorte de
petite toque ornée d'une plume le coiffait à ravir ; une ja-
quette et un pantalon gris composaient son costume.

Plus je l'examinais, plus il me semblait l'avoir vu quelque
part.

La ressemblance physique est la chose la plus surpre-
nante !...

Après avoir un peu débrouillé mes idées, une larme dé-
coula lentement de mes yeux ; mon cœur se gonfla... je
venais de reconnaître les traits de madame Caminiche.

Comment, ô mon Dieu ! puniras-tu au jour du jugement,
quand déjà sur la terre tu infliges de si terribles châtiments
aux âmes perverses ?

Enfant !... et je ne puis te parler, et je ne puis te dire les
souffrances que j'endure en te voyant, et je ne puis te demander qui est ton père !

O Clarinetti ! Clarinetti ! Clarinetti !

— Clarinetti! cria la voix d'un autre enfant que je n'avais pas vu d'abord. Où es-tu donc ?

— Ici, répondit le petit garçon.

. . . . . . . . . . . . . . . . . . . .

Je faillis perdre connaissance. L'enfant se dirigea vers celui qui l'appelait.

Une dispute s'était élevée entre plusieurs de ses camarades au sujet d'un jouet brisé.

# V

Il y avait une demi-heure que j'étais à l'ombre de mon chou favori, quand :

— Malédiction ! je suis perdu, me dis-je intérieurement.

Le jardinier d'un coup de serpette venait d'abattre le chou.

Passe encore s'il ne s'en était pris qu'au chou ; mais m'ayant aperçu, d'un coup de pied il m'envoya à dix pas.

— Merci, mon Dieu ! dis-je alors du plus profond de mon cœur, tu me délivres enfin de cette vie où j'ai tant souffert.

Le coup du jardinier m'avait ouvert le flanc. Il court sur moi, lève de nouveau le pied, mais cette fois pour m'écraser... Je ferme les yeux et...

# VI

Heu! heu!! qu'est-ce que c'est? criai-je à tue-tête en bondissant sur mon fauteuil.

— Parbleu! dit mon frère en riant, je vois que vous avez bien employé vos moments. Vous dormez là comme une bûche et votre domestique de même.

Pendant cinq minutes je me frottai les yeux. J'avais un mal de tête affreux.

— Voyons, Dominique, disait pendant ce temps mon

frère au domestique, réveillez-vous et avancez des siéges ;
mettez du bois au feu et préparez le thé.

— Oui, monsieur, répondit le pauvre diable en bâillant de
manière à se décrocher la mâchoire et en s'étirant les
membres.

Pour moi j'étais anéanti.

— Mon frère, poursuivit mon aîné , voici madame Caminiche qui vient, disposez-vous à la recevoir et à l'informer
vous-même de vos intentions à son égard.

Madame Caminiche entra.

— Soyez la bienvenue, madame, lui dis-je en lui prenant
la main, et puisque vous me faites l'honneur de venir chez
moi, je souhaite de toute mon âme que vous n'en ressor-
tiez pas...

— Comment, monsieur ? interrompirent à la fois madame
Caminiche et mon frère.

— Cela veut dire, mon frère, que *la nuit porte conseil*, et qu'aux termes où nous sommes, madame, je vous prie d'échanger votre nom contre celui de madame Démétrius Chopart.

FIN.

# TABLE




Saint-Germain. — Imp. L. Toinon et C[e]

www.ingramcontent.com/pod-product-compliance
Ingram Content Group UK Ltd.
Pitfield, Milton Keynes, MK11 3LW, UK
UKHW022310120726
13694UKWH00004B/1360